달빛 아래, 정자에서

김수정 지음

달빛 아래, 정자에서

1판 1쇄 발행 2026년 1월 30일

지은이 김수정

교정 신선미　편집 이새희
마케팅·지원 이창민

펴낸곳 (주)하움출판사　펴낸이 문현광

이메일 haum1000@naver.com　홈페이지 haum.kr
블로그 blog.naver.com/haum1000　인스타 @haum1007

ISBN 979-11-7374-292-7 (03810)

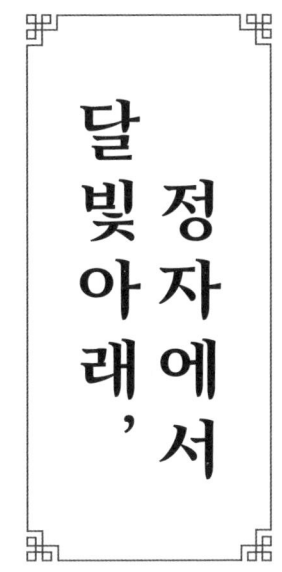

정자에서,
달빛 아래

김수정 지음

들어가며

이상한 꿈을 꾸는 소녀가 있었습니다.

그 소녀는 판타지를 사랑했고, 잠들기 전 머릿속으로 수많은 세계를 그리곤 했습니다.

그리고 잠이 들면, 그 상상들은 현실처럼 생생한 판타지 세계로 소녀를 초대했습니다.

그중 몇몇 꿈은 너무도 선명해서, 마치 나 자신의 이야기처럼 느껴졌습니다.

어느 순간, 이런 꿈들을 나 혼자만 간직하기엔 아깝다는 생각이 들었고 생생한 꿈을 글로 남겨 보기로 했습니다.

정식으로 글쓰기를 배운 적은 없지만,

어릴 적부터 글을 쓰는 일에는 익숙함과 자신이 있었습니다.

이야기를 상상하고 글로 옮기는 일은 언제나 제게 가장 큰 즐거움이었습니다.

이 이야기는 대학 시절 꾸었던 꿈에서 비롯되었습니다.

우물로 둘러싸인 정자, 반딧불이, 그리고 조선 시대의 한 남녀가

다정히 마주 앉은 장면—

그 생생한 꿈이 바로 이 이야기의 시작이자, 주인공이 태어난 순

간이었습니다.

차례

들어가며 • 4

절벽 위의 여인 • 9

15 • 댕기 머리와
꿈꾸는 아이

정자 아래 스며든
첫 인연과 그림자  • 39

57 • 달빛 아래 인연,
바람에 흩어진 약속

그를 정자에 묻고,
꽃가마에 오르다 • 73
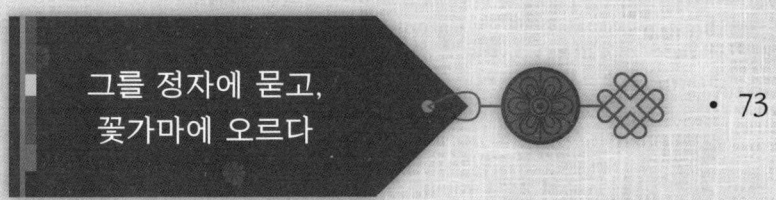

89 • 그를 보내며

그리운 사람과의 재회 • 101

절벽 위의 여인

하얀 거품을 양껏 쏟아내는 바닷물이 서로 부딪히며 철썩 소리를 무섭게 냈다.

깎아지른 날카롭고 높은 절벽 끝, 커다란 느티나무 한 그루가 바람에 흔들리고

그 위에 하얀 소복을 입은 여인이 위태롭게 서 있었다.

20대의 여인은 가지런히 쪽진 머리에 곱게 땋아 내린 머리를 비녀로 말아 올렸다.

옥색의 단조로운 비녀는 내리쬐는 햇빛에 반짝였다.

세차게 부는 바람에 소복은 펄럭이고, 그녀의 몸은 추위에 떨었다.

갈매기 눈썹과 동그란 눈매를 가진 그녀는 연약해 보였고,

긴 속눈썹에는 눈물방울이 고여 떨어질 듯했다.

새까만 눈동자는 먼 과거를 회상하는 듯한 공허함이 스며 있었다.

여인은 이내 소매 안쪽에서 얇은 종이를 꺼내 펼쳤다.

얼마나 접었다 폈는지 주름진 종이는 해져 빛이 비쳐 보였다.

그리고 그 안에는 그녀가 못다 전한 한 편의 시가 쓰여 있었다.

글자를 읽는 그녀의 눈가를 타고 눈물이 또르르 흘러내렸다.

연못엔 달빛이 젖어 들고 반딧불이는 숨을 죽이네

비단 옷자락 스치는 소리조차 우리의 침묵을 깨지 못하네

나는 말하지 못했지
그대를 기다릴 마음이 이미 내 뼈와 살에 자라고 있었음을
꽃잎처럼 젖어 드는 그 마음을

그대는 말하지 않았지
떠남이 영원할까 두려워 한마디도 남기지 않은 채 손만 잡고 있
던 그 밤을

정자 아래, 물비늘 위 우리 둘만 기억할 별이 떴고
그 별은 아직도 내 잠에 스며 다시 그대를 부르네

지금도 묻습니다.
그때 그 손, 지금 이생에도 내 손을 기억하나요?

시를 읽는 순간, 그녀의 기억 속 먼 과거가 피어올랐다.

절벽 위의 여인

꿈꾸는 아이

댕기 머리와

한양 도성.

댕기 머리를 가지런히 땋고, 머리카락 한 올도 빠져나오지 않도록 매만졌지만,

그 단정함은 오래가지 않았다.

볼이 발그레 상기된 동글동글한 7살의 나는 좁은 골목을 정신없이 뛰어다녔다.

"나 잡아봐라—아!"

"연이 아씨!!! 조신한 아씨가 뜀박질하면 아니 됩니다—!"

뒤를 돌아보니, 내가 태어날 적부터 곁을 지킨 유모가 헐레벌떡 뒤따라오고 있었다.

유모는 둥글둥글한 몸매에 커다란 코를 가진 맘씨 좋아 보이는 푸근한 얼굴을 하고 있다.

유모의 허리춤에는 하얀 앞치마가 걸려 있었고

그녀의 두 손에는 내가 벗어 놓고 나온 저고리가 매달려 있었다.

"유모! 반칙이야, 반칙! 유모는 어른이니까 열을 세고 와야지!"

허리에 양손을 얹고 으쓱대며 말하자, 유모는 헐떡이며 발걸음을 멈췄다.

"아씨… 제발 좀요. 또 옷에 흙먼지라도 묻혀 오시면, 저는 또 주인마님께 혼나지 않겠습니까…."

헉헉 소리를 내며 이마에 맺힌 땀을 소매로 훔치는 유모를 보니 괜히 미안해진다.
저 커다란 몸뚱이로 뛰는 건 퍽이나 힘들 테지….
갑자기 유모가 안쓰러워진 나는 슬며시 유모의 손을 잡고 고개를 끄덕였다.

"좋아, 돌아가자."

끼이익— 나무로 만든 큰 대문이 요란스럽게 열렸다.
집에 들어서자마자, 나는 어머니의 차가운 눈빛과 마주쳤다.
양팔을 허리춤에 얹은 채 서 있는 어머니는 한눈에도 화난 것으로 보였다.
나는 "헙!" 하는 소리가 절로 나와 손으로 입을 막았다.

"연이야, 네가 오늘 또 뛰어다녔다는구나."

어머니 목소리는 잔잔히 가라앉아 있었지만, 그 안에는 실망과 걱정이 너무도 선명했다.

나는 어찌할 바를 몰라 몸을 배배 꼬아 대기만 했다.

"여자아이라면 지켜야 할 품위가 있고, 조신함이 무엇인지 배워야 한단다. 아무렇게나 뛰어다니고, 옷에 흙먼지가 묻으면 어쩌려는 거냐?"

나는 고개를 떨구고 말없이 서 있었지만, 어머니의 말은 거침없이 쏟아졌다.

먼지 묻은 꽃신을 신은 내 발은 마당 모래를 끊임없이 둥글게 그림 지었다.

"네가 무슨 생각으로 그러는지 모르겠다. 나도 어릴 적엔 자유롭게 뛰놀고 싶었단다. 하지만 여자가 세상에 나설 땐 늘 조심해야 하고, 지켜야 할 선이 있단다. 글을 배우고 시를 쓰고 뛰어다니는 것은 여자가 하면 안 되는 일이야."

어머니의 꾸지람은 내 가슴을 마구 찍어 대었다.

또랑또랑 눈물이 뜨거웠다.

억울한 마음에 아랫입술을 깨물었지만, 감정은 점점 터져 나왔다.

하고 싶은 걸 하는 것이 뭐가 잘못된 일인지 몰랐다.

"어머니, 저는요… 그냥 뛰는 게 좋아요. 글을 배우고, 시를 쓰고,
마음껏 생각하는 게 즐거워요."
어머니는 한숨을 쉬며 무거운 표정으로 나를 바라보았다.

"연이야… 네 마음은 이해하지만, 세상은 그렇게 쉽게 네 뜻대로
되지 않는단다. 내가 그렇게 살았던 것처럼, 너도 언젠가 알게
될 거야. 조신함과 품위를 잃으면, 세상은 너를 곱게 보지 않을
거란다."

그 말에 나는 가슴 한편이 무너져 내리는 듯했다.
어머니의 기대와 세상의 무게가 내 어깨를 눌렀다.

"하지만 어머니, 저도 제 삶을 살고 싶어요. 어머니처럼 글도 못
쓰고 사랑채에 앉아 바느질만 하면서 가슴 아프게 살고 싶지 않
아요."

잠시 침묵이 흘렀다.
어머니는 나를 꼭 안아 주었다.

"그래, 연이야. 네가 얼마나 힘든지 나는 알고 있단다. 그저 네가
안전하길 바라는 마음뿐이야."

그 순간, 나는 어머니의 따뜻한 품에서 흐느껴 울었다.
말하지 않아도 알 수 있었다.
어머니도 그 속에서 얼마나 많은 아픔과 갈등을 품고 있었는지.
잠시, 어머니의 체온이 느껴졌다.
말로는 나를 나무라시면서도, 손길만큼은 언제나 따뜻하신 분이
었다.

어릴 적, 무서운 꿈에 깰 때면, 어머니는 내 손을 꼭 잡고 나직이
시를 읊어 주셨다.
언제 배웠는지 알 수 없는 시,
그 음률을 들으면 신기하게도 눈꺼풀이 스르르 내려앉곤 했다.
그 기억은 내 마음 한쪽, 가장 포근한 곳에 자리 잡아 있다.

불쌍한 어머니.
어머니는 나에게 비밀을 하나 털어놓으셨다.
자신도 어릴 적엔 나처럼 장난을 좋아하고, 가끔은 말썽도 부리
는 아이였다고.

누구보다 시를 사랑하고 시를 읊을 땐 세상을 다 가진 것 같았다고.
하지만 세상의 시선 앞에서, 결국 꿈을 접을 수밖에 없었다고 하셨다.

그 말씀을 듣는 순간,

'나는 어머니를 닮았구나.'
하는 생각에 가슴 깊이 유대감이 밀려왔다.

세상의 강요 앞에 자신을 지워야 했던 어머니는,
결국 도성 최고의 아녀자가 되셨다.
단정하고, 현숙하며, 모두의 존경을 받는 여인으로.
하지만 그 완벽한 겉모습과 달리, 어머니는 점점 쇠약해져 갔다.
나는 어린 마음에, 어머니가 '가슴병'을 앓고 있다고 믿었다.
그도 그럴 게, 기침을 할 때면 항상 가슴을 움켜쥐었기 때문이었다.

'어머니는 하고 싶은 것을 하지 못해 저리 아픈 것이다.'
어린 나는 그런 어머니를 보고 종종 이렇게 생각했다.

그 후로도 나는 종종 동네 사내들과 뛰놀고, 사냥을 즐겼다.

그런 내 모습을 부모님은 마뜩잖아하셨다.

'여인은 조신해야 한다.'라는 말을 수도 없이 들었다.

그러나 나는 그 말이 정말 싫었다.

어머니처럼 사는 건 도무지 자신이 없었다.

'내가 여인으로 태어나고 싶었던 것도 아닌데, 왜 나는 시를 쓰면 안 되는 걸까? 왜 나는 달릴 수 없지? 뛰는 게 세상에서 제일 즐거운 일인데.'

그런 생각이 하루에도 몇 번씩 머릿속을 스쳤다.

글을 배우고 싶다는 마음은 참으로 끈질겼다.

마치 가슴 한구석에 은은히 불이 붙은 듯, 사그라들지 않고 자꾸만 타올랐다.

그 불씨는 나날이 커져만 갔고, 나는 어쩔 수 없이 그 열기를 감추느라 애써야 했다.

나는 아버지의 눈을 피해, 서당 어귀에 숨어 글을 외우곤 했다.

정식으로 글을 배우는 것은 남자의 몫이라는 것을 모르는 바 아니었다.

하지만 글자는 나를 부르는 소리 같았고, 종이에 적힌 붓글씨 하나하나가 너무도 고왔다.

몰래 주워들은 소학의 한 구절, 훈장의 목소리에 실린 고전의 운율….

그 모든 것이 내 가슴을 두드렸다.

처음에는 계집이 오는 곳이 아니라며 내쫓던 훈장님도 이내 나를 숨겨 주어 몰래 글을 가르쳐 주셨다.

날이 갈수록, 글을 배우는 순간은 내게 숨결과도 같았다.

조용한 서당 마루 구석, 햇살이 비치는 창가에 앉아 붓끝을 종이에 올릴 때면 세상의 모든 무게가 잠시 내려앉고, 오직 나와 글자만이 존재하는 듯했다.

"연이 아씨, 오늘은 여기까지 외우면 되겠습니다."

"… 시간이 벌써 이렇게 되었나요?"

훈장님의 목소리에 나는 아쉬움을 뒤로하고 자리에서 일어섰다.

하지만 돌아가는 발걸음은 가벼웠다.

마음속에 숨겨 둔 불씨가, 작은 불꽃처럼 계속 타오르고 있었다.

집으로 돌아가는 골목길, 나는 마음속으로 시를 읊조렸다.

달빛 아래 뛰노는 나, 바람 따라 흩날리는 머리칼, 자유로이 날아가는 새처럼….

누가 들어도 그저 아이의 장난일 뿐이겠지만,
내 안에서는 세상의 어떤 규범보다도 강렬한 꿈이었다.

그리고 나는 결심했다.

'나는 반드시 나의 삶을 살 거야. 조신함과 품위를 잃는다고 해서, 내가 하고 싶은 것을 포기하지 않을 거야.'

그 결심은 단순한 반항이 아니었다.
어머니의 따뜻한 품과, 어릴 적 느꼈던 작은 자유의 기억이 내 안에서 하나로 엮이며 세상에 대한 두려움보다 더 큰 힘을 주고 있었다.

나는 이제 비밀스럽게 시작된 나의 배움이,
언젠가 나를 한 사람의 온전한 존재로 만들어 줄 것임을 믿었다.
그리고 마음속으로 속삭였다.

'언젠가, 나를 이해해 줄 사람과 세상을 만날 날이 올 거야.'

☾

몇 해가 흘렀다.

그동안 어머니의 얼굴은 점점 수척해지고, 숨결도 가빠졌다.
아무리 약을 써도 차도는 없었다.
밤이면 기침이 멈추지 않아 잠을 이루지 못했고, 얼굴은 점점 창
백해졌다.
집안은 어머니의 병으로 인해 무거운 침묵에 휩싸였다.

나는 매일 그런 어머니 곁을 지켰다.
물동이를 이고 와 깨끗한 면보에 물을 적시어 어머니의 땀을 닦
아 주었다.
어머니가 힘겹게 숨을 몰아쉴 때마다 마음이 저려 왔다.
어머니는 언제나 나에게 미소 지으려 애썼지만, 그 미소는 점점
더 희미해졌다.

"연이야, 내 마음을 아프게 하지 말거라."

댕기 머리와 꿈꾸는 아이

어머니가 가끔 낮게 속삭이는 그 말이 내 가슴을 찢었다.

어느 날이었다.

"어머니, 저 연이여요."
어머니의 탕약을 들고 방문을 열었을 때 어머니는 미동조차 없으
셨다.
그날은 이상하게도 공기가 너무나 차가웠다.

"어머니?"
나는 조심스레 탕약을 어머니의 머리맡에 두고는 어머니의 가슴
을 흔들었다.

배 위에 가지런히 포개어 있던 손이 순간 툭- 하고 떨어졌다.

"어머니!!!"
나는 절규에 가까운 소리를 질렀고 집안사람들이 급하게 들어
왔다.

어느 추운 겨울밤, 그렇게 어머니는 조용히 숨을 거두셨다.

차갑고 고요한 그 순간, 나는 세상의 모든 빛이 사라진 듯 느꼈다.

나를 제외한 모든 이들이 태엽을 감은 듯 나를 중심으로 바삐 움직였다.

나는 어머니가 떠난 그 자리에 웅크리고 앉아 가만히 눈물만을 떨구고 있었다.

기와가 드리운 커다란 저택.

온기가 따스하게 내리쬐던 그 자리는 빨간 조등(弔燈)이 대신했다.

어머니의 병명은 폐병이었다.

그 병이 어머니의 생명을 조금씩 갉아먹었고, 결국 그녀를 데려갔다.

어머니가 떠난 뒤, 집안은 눈에 띄게 기울기 시작했다.

주인이 떠난 것을 아는 양, 장독대에는 곰팡이가 슬었고 아버지는 깊은 슬픔과 무력감에 빠져 일손을 놓아 매일같이 술로 밤을 지새웠다.

나는 그 누구도 아닌, 어머니를 잃은 한 아이일 뿐이었다.

마을 사람들은 나를 볼 때마다 수군거렸다.

"어미 없는 것도 모자라 아비까지….."
"저 집안은 재수 없게도 망조가 들었대."

이웃 아주머니들의 목소리는 안타까움을 가장했지만, 그 속엔 경계와 호기심이 뒤섞여 있었다.
나를 향한 시선은 연민이라기보다, 불길한 소문에 닿은 이방인을 대하듯 어정쩡했다.
그 시선이 나는 오히려 더 싫었다.

며칠 후, 외조부께서 직접 가마를 준비해 오셨다.
더 이상 나를 지켜 주지 못할 것이라는 판단에 아버지께서 외조부에게 나를 부탁했던 것이다.
한복의 깃을 단단히 여민 그분은 무표정한 얼굴로 서울에 도착했고, 내 앞에 서서 한참을 말없이 날 내려다보았다.
그 시선은 애틋함보단, 결연한 책임처럼 느껴졌다.

"너를 맡기겠다는 사위의 마지막 부탁이 있었으니 받아들이마."
그 말은 위로가 아니었다.

단지 '책임'이라는 단어를 무겁게 짊어진 가장의 선언에 가까웠다.

"단, 안동 집에서는 함부로 굴지 마라. 그곳은 한양이 아니다."
"여자는 말수가 적어야 품위가 있고, 가문의 체면은 너의 사사로운 감정보다 앞선다."

나는 고개를 끄덕였다. 아니, 끄덕일 수밖에 없었다.
눈앞에 선 그분은 나를 끌어안지 않았고, 손을 잡아 주지도 않았다.
단단히 묶인 짐을 마차에 실으며, 내 안에서도 무언가 덜컥 묶이는 소리가 났다.

출발하는 마차 안에서 나는 마지막으로 집 뒤 감나무를 바라보았다.
언젠가 아버지가 감꽃을 따다 내 손바닥에 올려 주던 장면이 스치듯 지나갔다.
그날의 햇살은 따뜻했지만, 지금의 햇살은 눈이 시릴 만큼 서늘했다.
그리고 고향을 떠난다는 생각에 마음 한편이 무거웠다.
익숙했던 집과 마당, 어머니의 따뜻한 품이 떠오를 때마다 눈물이 고였다.

그러나 돌아올 수 없는 길임을 알기에 마음을 다잡아야만 했다.

더 이상 아버지의 보살핌을 받을 수 없던 나는, 그렇게 안동에 있는 외가로 보내졌다.

☾

안동에 도착했을 때, 외가는 내가 알던 집과는 사뭇 달랐다.

고요하고 엄숙한 분위기가 감돌았고, 벽에는 옛 선조들의 초상화가 걸려 있었다.

외조부께서는 단호한 눈빛과 굳은 표정으로 나를 맞이했다.

"연이야, 여기선 마음을 다잡고 제대로 배워야 한다."

외조부의 말은 부드럽지 않았지만, 그 안에는 깊은 기대와 엄격함이 섞여 있었다.

어머니가 평생 조신한 여인으로 살아야만 했던 이유도 이곳에서 더욱 선명히 다가왔다.

어머니는 자신의 꿈과 자유를 간직한 채 자라났지만,

그 모든 것을 세상의 잣대 앞에 내려놓아야 했다.

여성에게 요구되는 '품위'와 '예절'은 단순한 규범이 아니라, 곧
생존법과도 같았다.
그 시대, 여자가 어긋난 길을 걷는다면 가족 전체가 손가락질을
받았고, 가문의 명예가 깎였다.
어머니는 바로 그 무게를 온몸으로 감당하며, 꿈을 접고 평생을
바쳐 가족을 지켜야 했다.

나는 이제까지의 자유로웠던 어린 시절과는 전혀 다른 날들을 맞
이하게 되었다.

"발뒤꿈치를 들고 걷거라!"
"바느질이 이게 뭐냐! 다시 하거라!"
"글공부는 하지 말거라!"

쫙— 하고 회초리가 내 종아리를 가로지르고 종이와 붓은 불에
태워지기 일쑤였다.
밤이면 붉게 물든 종아리를 하늘로 향하고 연고를 바르는 날이
이어졌다.

하루하루가 규칙과 예절로 가득 찼고, 작은 실수조차 용납되지
않았다.
그곳에서는 아이답게 뛰어놀 수 없었고, 언제나 고요하고 조신해
야만 했다.

처음에는 그 낯선 엄격함에 숨이 막히는 듯했지만,
차츰 그 속에서 나 자신을 다스리는 법을 배워야 했다.
외조부의 단호한 훈계와 가르침은 나를 더욱 단단하게 만들었고,
나는 어린 마음으로 이 새로운 삶에 적응해 나갔다.

그렇게 나는 나날이 달라져 갔다.
장난기 많던 아이는 조금씩 조신한 아씨로 변해 갔고,
마음 한구석에서는 늘 고향과 어머니가 그리웠다.

안동에서의 그 시간들은 내 삶에 새로운 장을 열었지만,
그 속에서도 나는 여전히 남몰래 내 안의 자유로운 영혼을 꿈꾸
고 있었다.

열세 살이 된 나는 더 이상 장난치지 않았다.

어린 시절의 자유롭고 밝던 내가 어느새 희미해져 가는 걸 느꼈다.

그동안은 내 안에 말괄량이 아씨를 죽이는 법을 배웠다면,

이제는 조신한 아씨가 되는 법을 배워야 했다.

매일이 똑같고, 숨이 막히도록 지루한 나날이었다.

엄격한 외조부의 눈빛 아래서 나는 점점 더 작아졌다.

내가 하고 싶은 말도, 내 마음을 표현하는 것도 점점 두려워졌다.

조용히 앉아 있어야 했고, 실수는 곧 꾸중으로 돌아왔다.

그래서 나는 입을 다물고, 머리를 숙인 채 하루하루를 견뎠다.

그렇게 나는 나 자신을 잃어 갔다.

내 안의 생기와 꿈들은 서서히 그림자가 되어 사라져 갔다.

속으로는 말하고 싶었다.

'나는 이렇게 살고 싶지 않다'고, '나는 내가 되고 싶다'고.

하지만 그 목소리는 언제나 억눌렸고, 어느새 나 자신조차도 그 소리를 듣지 못했다.

가끔은 거울 속 내 모습을 바라보며 낯선 사람이 된 기분이 들었다.
거울 속 아이는 내 눈빛을 담지 못했고, 웃음 대신 고요한 침묵만
있었다.
내 마음은 얼어붙었고, 깊은 외로움과 상처가 자라났다.

밤이면 혼자 울기도 했다.
작은 몸짓 하나에도 눈치를 보고, 마음껏 꿈꾸지 못하는 나 자신
이 한없이 서러웠다.
그러나 아무도 내 눈물을 보지 못했고, 나는 그저 침묵 속에 갇혀
있었다.

그런 나날들 속에서도 숲속 깊은 곳.
작은 정자, 풀 내음 가득한 연못가에서만큼은 나답게 숨 쉴 수 있
었다.
그곳에서 나는 여전히 시를 읊었고, 마음속에 감춰 둔 나를 조금
씩 꺼내 보았다.

하지만 현실은 언제나 나를 그곳에서 끌어내렸고,
나는 다시 엄격한 세상 속으로, 잃어버린 나 자신을 찾아 헤매는
길로 돌아가야 했다.

그나마 마음을 놓을 수 있는 곳은 마을 어귀의 작은 정자였다.
푸른 연못가에 홀로 서 있는, 세월의 흔적이 묻어나는 오래되고
외로운 그 정자.
나는 그 정자를 참 좋아했다.
그곳에서는 나를 잃지 않아도 되었다.

잔디 위에 누우면 온몸을 감싸는 풀 내음이 숨결처럼 다가왔다.
눈을 감으면 멀리서 산새들의 조용한 지저귐이 귓가에 스며들
었다.
여름밤이면 반딧불이들이 정자 주위를 살며시 떠돌았다.
그 반짝임들은 마치 나를 감싸 안아 주는 작은 별빛 같았다.

그 모든 풍경과 소리, 냄새가
내게 어린 시절의 순수한 나, '연이'로 돌아갈 수 있는 시간을 선
물했다.
그 순간만큼은 세상의 무게도, 엄격한 눈빛도, 잃어버린 나 자신
도 전혀 닿지 않았다.
너무나도 편안했다.

나는 그 은은한 불빛 아래, 마음 깊은 곳에서 우러나오는 시를 조

용히 읊조리곤 했다.

그 시들은 내 작은 비밀이자, 숨겨진 나의 언어였다.

물결도 숨을 죽인 저녁,

달빛은 풀잎 끝에 조용히 앉고,

바람은 이름 없는 꽃들의 시를 넘긴다.

나는 아무 말 없이,

고요한 마음 하나 연못에 띄운다.

세상이 내게 가한 불공평함을,

나는 그런 시 속에 가슴 깊이 눌러 담았다.

댕기 머리와 꿈꾸는 아이

첫 인연과 그림자
정자 아래 스며든

그날도 마찬가지였다.

조용히 시 한 구절을 읊는 내게, 낯선 목소리가 들려왔다.

"좋은 시로구나."

나는 놀라 고개를 돌렸다.

언제 다가왔는지, 낯선 도련님이 싱긋 웃으며 서 있었다.

내가 이곳에 올 때마다 흔들리던 풀숲.

'그 정체가 이 도련님이었던 걸까?' 나는 생각했다.

"여기는 아무도 오지 않는 곳인데, 어찌 오셨나요?"

"아름다운 노랫말이 들려와, 나도 모르게 발길이 멈추었소."

그가 대답했다.

그날이, 도련님과의 첫 만남이었다.

그분의 이름은 남도현.

구릿빛 피부에, 짙은 쌍꺼풀을 가진 선명한 눈매의 도련님이었다.

그 눈은 마치 저녁노을처럼 따뜻하고 또렷했다.

그는 지역 군관의 아들로, 그날도 훈련을 마치고 마을로 돌아오던 길이라고 했다.

그 후로 우리는 자주 마주쳤다.
처음에는 어색함이 가득했다.
서로의 이름을 부르는 것조차 조심스러워,
마치 아주 귀한 보물을 다루듯 입술 사이로 살며시 꺼냈다.
하지만 그 조심스러움 속에서 묘한 떨림이 자라났다.

작고 외로웠던 정자는 점차 우리들의 웃음과 속삭임으로 채워졌다.
서로가 좋아하는 시 한 구절을 나누고, 취향이 다른 음식 이야기에 살짝 웃음을 터뜨리기도 했다.
어린 시절의 추억을 조심스레 꺼내며, 서로가 겪은 상처와 기쁨을 조금씩 내보였다.
그럴 때마다 나는 도련님의 눈빛에 따뜻한 빛이 스며드는 것을 느꼈다.
그 빛은 마치 내가 몰래 간직해 온 마음 한편에 닿는 손길 같았다.

어느덧 어스름한 저녁이 내려앉으면,

우리는 나란히 앉아 정자 난간 너머로 흐르는 달빛을 바라보았다.

차가운 밤공기 속에서도 서로의 온기가 전해져, 말없이 나란히 앉아 있어도 외롭지 않았다.

주변에는 반딧불이들이 초롱한 빛을 품고 천천히 날아다녔다.

그 작은 불빛들이 우리의 사이를 조용히 감싸 안는 듯했다.

마주 보는 도련님의 얼굴이 초록빛으로 물들고, 다시 어두워지기를 반복했다.

가끔씩 그 빛은 붉은빛으로도 변했는데, 그때마다 내 마음이 쿵쿵 소란을 일으켰다.

그 소리가 퍽이나 부끄러워 도련님에게 들리진 않을까 걱정이 되었다.

하지만 그게 내 착각이 아니기를, 나도 모르게 간절히 바랐다.

그 작고 부드러운 빛들이 마치 우리 둘 사이의 미묘한 감정을 비춰 주는 듯했다.

서로에게 닿지 못한 마음이 손끝을 스치는 듯하고, 말로는 다 표현할 수 없는 설렘이 차곡차곡 쌓여 갔다.

여느 날처럼 도현을 만나러 가는 길,

나는 저잣거리에서 산 옥춘당을 입에 물고 팔랑팔랑 손을 흔들며
걸어가고 있었다.

그때 어떤 사내가 내 앞으로 불쑥 나타났다.

큰 키에 하얀 피부와 눈꼬리가 내려간 사내는 딱 봐도 귀한 집 자
제 같았다.

그는 자신도 모르게 나타나게 된 듯 불타듯이 벌건 얼굴을 하고
어찌할 바를 모르고 있었다.

그가 손을 들고 휘적휘적 인사를 했다.

나는 그 모습이 흡사 목각 인형과 같다고 생각했다.

"소자는 안동 김씨 댁의 둘째 도령, 이율이라고 합니다. 아씨는
모르시겠지만, 저쪽 정자에서 뵌 적이 있습니다."

"정자요? 저는 도령을 뵌 적이 없습니다만…."

"그… 그렇지요. 저만 아씨를 뵈었거든요. 혹, 그쪽에서 시를 읊
지는 않으셨나요?"

정자 아래 스며든 첫 인연과 그림자

나는 그 순간 흔들리던 풀숲이 생각났고 무언가 들킨 듯 얼굴이
타오르는 것을 느꼈다.

"저는 그런 기억이 없습니다. 다시는 아는 척하시지 마시지요."
나는 너무 부끄러워 붙잡힐세라 줄행랑을 쳤다.
도망치는 내 등 뒤로 그가 소리를 쳤다.

"소자를 기억해 주십시오. 저는 김가 이율입니다!"

☾

나는 땀을 흘리며 정자로 한시도 쉬지 않고 뛰어갔다.

"연이야, 왜 이리 뛰어오느냐?"
도현이 나를 보고 놀라듯 말했다.

"그게… 저잣거리에서 어떤 이상한 사람을 마주쳐서….
나는 크게 숨을 고르며 이마에 맺힌 땀을 닦아내면서 말을 했다.

"그거 큰일 날 뻔했구나."

도현이 다정스레 땀을 닦아 주며 말을 건네었다.

그의 손길에 저잣거리 일은 한순간에 잊고 다시 한번 나는 얼굴
이 불타는 느낌을 받았다.

도현과 나의 만남은 단 한 번으로 끝나지 않았다.

여름의 끝자락까지, 어느 누구도 모르게 몰래 정자에서 마주했다.

시간이 흐를수록 그 만남은 더 이상 단순한 우연이 아니었다.

그의 눈길 속에서 나는 내 마음을 발견했고, 내 목소리 속에서 그
의 숨결을 느꼈다.

"연이, 너는… 얼굴뿐 아니라 마음도 곱구나."

도련님은 그렇게 말했다.

내가 좋아하는 시를 읊조리던 순간이었다.

처음엔 그 말이 민망해서, 고개를 푹 숙였다.

하지만 그의 말엔 가벼운 흥밋거리가 아닌, 진심이 담겨 있었다.

내 마음 깊은 곳까지 꿰뚫고 나서야 나오는 말처럼 느껴졌다.

나는 조심스레 말했다.

"저는 가끔… 어머니가 되기를 두려워해요. 감정을 숨기고, 목소

리를 죽이고, 늘 조심조심 살아가셨거든요."

도련님은 잠시 말이 없었다.
정자 위로 바람이 스치고, 나뭇잎 그림자가 그의 눈동자 위로 떨어졌다.
그러고는 조용히, 단단한 목소리로 말했다.

"나는, 연이가 누구의 그림자 아래 살지 않았으면 좋겠어. 자기 목소리로 말하고, 자기 뜻대로 웃는 사람이었으면 해. 내 앞에 있는 이 연이처럼."

그 말에 눈물이 날 뻔했다.
누구보다 가까웠던 아버지에게도,
애써 모른 척하며 살아가던 어머니에게도, 단 한 번도 들어 보지 못했던 말.
그리고… 아버지가 어머니를 대할 때와는 다른 모습의 사랑이 느껴졌다.

도현과 함께 있는 시간 속에서
나는 한 번도 나를 숨기지 않았다.

배운 글귀를 말해도, 무례하다 말하는 사람은 없었고

슬픈 날 눈을 붉혀도, 창피하고 나무라는 사람도 없었다.

그는 나의 기쁨과 슬픔, 분노와 꿈을 있는 그대로 받아들였다.

그리고 나도 그 앞에서는 처음으로,

내 마음의 문을 천천히 열어 보고 싶다는 생각이 들었다.

이 사람과 함께라면,

어쩌면 어머니와는 다른 삶을 살 수 있을지도 모르겠다고—

단정할 수는 없어도, 문득 그런 예감이 들었다.

서늘한 여름 저녁, 정자 한켠에서, 나는 처음으로 누구의 딸이 아닌 나 자신으로서 있었다.

"연이… 네가 웃으면 내 세상도 환해진단다. 아무것도 바라지 않겠다 다짐했었는데… 너를 볼수록, 네 곁에 오래 머물고 싶어졌다. 나는… 너를 연모한다."

나는 한동안 아무 말도 하지 못했다.

그저 가만히, 도현의 눈을 들여다보았다.

그 눈동자엔 거짓이 없었고, 그 안에서 나는 망설임 없는 따스함

정자 아래 스며든 첫 인연과 그림자

을 보았다.

가슴이 벅차오르는 동시에, 왠지 모르게 서글퍼지기도 했다.

이런 말을, 이런 눈빛을—

나는 한 번도 받아 본 적이 없었다.

"저는… 한 번도 그런 말을 들어 본 적이 없어요."

조심스레 말문을 열었다.

"그저 착한 아이로, 말 잘 듣는 아이로 살아왔어요. 감정은 감췄
고, 말은 줄였고, 늘 누군가의 눈치를 보며 살아왔죠. 하지만…
이상해요. 도현… 당신 앞에서는 자꾸, 진짜 제가 나오려 해요."

도현의 눈이 살짝 흔들렸다.

내가 처음으로 그의 이름을 불렀기 때문이었다.

그는 숨을 고르듯 한 박자 멈췄다가, 낮은 목소리로 말했다.

"다시 한번 불러 줄 수 있어?"

나는 그를 천천히 바라보다가, 작게 웃었다.

"도현."

그의 이름을 다시 불렀다.

이번엔 아주 또렷하고, 분명한 목소리로.

그 말이 입에서 흘러나오는 순간,

나는 더 이상 혼자가 아니었다.

나의 말과 마음을 받아 줄 사람이 곁에 있다는 걸 깨달았다.

"내 마음도… 같아요."

나는 그를 바라보며 속삭였다.

"당신과 함께 있으면 숨기지 않아도 돼요. 웃고 싶을 땐 웃고, 슬플 땐 울 수 있을 것 같아요. 무엇보다… 두렵지 않아요."

그는 잠시 숨을 고르고, 조심스레 내게 다가왔다.

"지금, 너를 안아도 될까?"

나는 고개를 끄덕였다.

그의 두 손이 내 어깨를 감싸 안고, 이윽고 아주 천천히 나를 끌어당겼다.

정자 아래 스며든 첫 인연과 그림자

도현의 숨결이 가까워졌고, 그의 입술이 내 이마에 닿았다가,
잠시 머뭇거리듯 나를 바라본 뒤―
이윽고 우리의 입술이 조심스럽게 맞닿았다.

그 입맞춤은 격정적이지도, 서툴지도 않았다.
그저 따뜻하고, 오래 기다린 사람들만이 나눌 수 있는 조용하고
깊은 사랑의 약속 같았다.

입술이 떨어진 뒤에도 우리는 한동안 말을 잇지 않았다.
도현은 내 손을 꼭 쥐며 말했다.

"앞으로 더 많이 부를 수 있게 해 줘. 네 이름도, 내 이름도. 숨기
지 말고, 우리만의 이야기로."

나는 그 말에 고개를 끄덕였다.
바람이 불었고, 정자 위로 저녁 햇살이 부드럽게 내려앉았다.
그날 이후,
도현은 내 이름을, 나는 도현의 이름을 숨기지 않고 부르게 되
었다.

설렘이 익어 가고, 함께하는 시간이 쌓일수록 나는 알았다.

이 사람이 단순한 만남 이상의 존재임을.

내 마음 깊은 곳에 들어와 오래 머물고 싶은 사람임을.

☾

이율과의 만남도 우연처럼 계속 이어졌다.

도현과는 가랑비에 옷깃이 젖듯 그렇게 스며들었다면,

이율 도령은 나무를 내리찍는 도끼처럼 갑작스럽게 들어왔다.

달빛이 내리는 밤.

나는 잠이 오지 않아 마당을 거닐고 있었다.

그때였다.

담벼락 끝에서 사내의 갓 머리가 보였다.

'도현 도련님이신가?'

기쁜 생각에 나는 그쪽으로 가서 "왁!" 하고 놀래줬다.

"으악―!!"

큰 소리가 들리고 사내가 우당탕 넘어지는 소리가 들렸다.

어두워 보이지 않았지만 사내가 일어서자 그 모습이 보였다.
그는 하얀 도포를 입고 갓을 쓴 채 몸에 묻은 흙을 털어내고 있
었다.

"그리 놀라게 하면 어쩌란 말이오⋯." 입을 삐죽 내민 이율이었다.
"아니, 도령은⋯." 나는 너무 놀라 입을 손으로 막았다.
"내⋯ 그저 조용히 보고 가려고만 했는데, 이리 들켰으니 어쩌란
말이오."
이율은 투덜대며 나를 보았다.

"여긴 어쩐 일이십니까?"
나는 퉁명스럽게 그에게 말을 했다.

"밤이 되니 그대 생각이 나, 통 잠을 이루지 못해 얼굴이나 볼까
하고 와 본 참이오."
이율이 말했다.
왠지 그의 목소리는 떨리는 듯했다.

나는 그가 혹시 나를 연모하는 게 아닐까 생각했다.

"저는 이미 연모하는 이가 있어 도령의 마음을 받아 줄 수 없습니다."

내가 말하자 그가 낙담하여 말했다.

"저도 알고 있습니다. 하지만 혹시라도 빈자리가 생기거든 저를 담아 주실 수 있겠습니까?"

그가 말을 하며 꽃 한 송이를 나에게 건넸다.

"… 혹시, 매일 밤 이곳에 꽃을 두고 간 이가 도령이었습니까?"

며칠 전부터 밤마다 꽃이 놓여 있어, 도현인 줄 알았던 내가 다시 한번 놀라 말했다.

"그렇소. 혹시 부담스러웠소?"

"네, 저는 다른 이가 주고 간 선물인 줄 알았습니다."

"제가 그대에게 실망을 주었다면 미안합니다. 그래도 이 마음은 받아 주시면 좋겠습니다."

그는 내 손에 꽃을 쥐여 주고는 되돌아갔다.

그날 밤, 침상에 누운 나는 화병에 꽂힌 꽃을 보며 처음으로 복잡한 심정을 느꼈다.

정자 아래 스며든 첫 인연과 그림자

"이를 어찌한담…." 혼잣말로 지새우는 밤이었다.

바람에 흩어진 약속

달빛 아래 인연,

해가 지고 어둠이 짙게 내려앉은 어느 밤이었다.

바닷바람이 불어오길래 마루 끝에 서서 하늘을 올려다보았다.

그런데 저 멀리, 바다에서 등불이 줄지어 움직이고 있다는 말이
돌았다.

도현도 말없이 서쪽 하늘을 보았다.

그건 왜의 배들이었다.

왜 나라 문양을 단 배들이, 수십 척이나, 조선을 향해 다가오고
있었다.

그 밤 이후, 경상도의 마을들이 하나둘 불탔다.

누구든 가리지 않고 칼에 쓰러졌다는 이야기가 돌았다.

장터도, 논도, 집도, 아이들도… 피로 물든 날들이었다.

그 소식이 도성까지 닿았고, 임금이 분노하며 어명을 내렸다고
했다.

🌙

그리고… 안동.

도현의 집 마당에 무사들이 들이닥친 건, 그로부터 며칠 뒤였다.
그날은 도현의 집 마당에 마주 앉아 나란히 저녁노을을 바라보고
있던 참이었다.
나는 몰랐다.
그 평온하고 고요하던 시간이, 그렇게 짧은 것이었음을.

멀리서부터 말발굽 소리가 진동처럼 번졌다.
잠시 후, 도현의 대문 앞에 말에서 내린 이방과 무사들이 단단한
기세로 줄을 맞췄다.
그들 중 가장 앞선 자는 붉은 복색의 관복을 입고 있었고,
손에는 봉황 무늬가 선명한 황지(黃紙) 두루마리를 들고 있었다.

"열어라! 조정의 명을 전하러 왔다!"

대문이 거세게 열렸다.
말을 탄 무사들이 한 줄로 안마당을 지나며 장정을 정렬했고,
한순간에 집 안 공기가 무겁게 내려앉았다.
마님과 하인들이 놀라며 뛰어나왔으며,
도현은 묵묵히 정자 난간에 기대앉아 그 광경을 지켜보았다.

"남가 봉환과 그의 아들 도현은 나아가 어명을 받들라."

그 순간, 도련님은 조용히 몸을 일으켰다.

그는 내게 짧은 눈빛을 주었고, 나는 무슨 말도 하지 못한 채 숨을 죽였다.

도현과 그 아버지 봉환 대감께서 허둥지둥 마당으로 나가 무릎을 꿇었다.

도련님이 앞에 나아가자, 이방이 황지를 펴 들며 낭독하기 시작했다.

"부산포에 왜적이 침입하여 남녘 땅을 짓밟고,

경상 일대가 위태로우니,

공신의 자제 남도현은 진주성으로 출정하여 성을 수호하라.

충을 다하여, 군율을 바로 세우고,

적의 발을 막아 백성을 지키는 데 힘쓸지어다."

낭독이 끝났을 때, 마당에는 일순 정적이 흘렀다.

도현은 무릎을 꿇고 깊이 예를 올렸다.

"성은이 망극하옵니다."

그날 아침, 그는 내게 시를 한 수 읊으며 말했었다.

"연이, 당신과 함께 있을 때는 세상이 조용해지는 것 같소. 나는 그 조용함 속에 오래 있고 싶습니다."

하지만 그 평온은 이제, 창칼의 소리에 덮이려 하고 있었다.
그저 시를 읊고 웃고 있던 사람이,
이제 전쟁터로 나아가 생사를 걸고 싸워야 한다는 것.

도련님은 돌아서서 내 쪽을 바라보았다.
내가 숨어 있는 걸 알면서도, 그의 눈빛은 마치 마지막 인사를 전하듯 머물렀다.

그 순간, 아무 말도 하지 않았지만, 우리는 동시에 알았다.
이것이 이별의 시작이라는 것을.

그 말을 들은 뒤부터 나는 이상하게 불안해졌다.
그날 이후, 도현은 며칠 동안 나를 찾지 않았다.
아무런 말도, 소식도 없이.

'혹시⋯ 나를 잊은 걸까? 혹은 이제, 나를 연모하지 않게 된 걸까?'

나는 자꾸 그런 생각에 빠져든다.
머릿속이 엉키고 마음이 타들어 간다.
하루가 이틀 같고, 이틀이 사흘 같다.

그리고 며칠이 지난 어느 날,
도현이 드디어 정자로 나왔다.
나는 그 순간, 그 얼굴을 보고도 웃을 수가 없었다.

기다림은, 생각보다 더 깊고 아팠으니까.

"크흠―"
헛기침 소리가 내 어깨너머에서 들린다.
꽃잎을 하염없이 떼고 있던 손이 툭, 멈춘다.
나는 천천히 뒤를 돌아본다.
도현이다.
말없이 나를 바라보고 있다.
마치⋯ 무슨 결심이라도 한 눈빛처럼.

"연아. 미안하구나. 그동안 일이 좀 있었다."

그 말에 나도 모르게 말이 튀어나온다.

"그 일이… 무슨 일이었나요? 저에게 언질은 해 주실 수는 없었
나요?"

내 말투가 날카로웠다는 걸 알지만, 멈출 수가 없다.
그러기엔 너무 오래, 너무 깊게 기다렸었다.

도현은 한참을 망설이다 말한다.

"내가… 전장에 나가게 되었다. 한동안 너를 보러 오지 못할 수
도 있구나."

쿵.
이번엔 내 심장이 내려앉는다.
숨이 막힌다.

"… 전장에 나가지 않으시면 안 되나요?"

지푸라기라도 잡는 심정으로 묻는다.

하지만 도현은 고개를 조용히 젓는다.

"그럼… 언제 돌아오시는 건가요?"

나는 다시 묻는다.

하지만 이번에는 대답조차 없다.

어떻게 이럴 수 있을까.

나는 점점 화가 치밀어 오른다.

그동안 나는 매일같이 기다렸다.

말 한마디, 눈빛 하나라도 간절히 바랐는데,

왜, 그는 늘 이렇게 조용한 걸까.

"왜 도련님은 항상 중요한 말은 하지 않는 거죠?"

도현은 조용히, 슬픈 얼굴로 말한다.

"… 미안하구나. 내가 부족한 것 같구나."

그 말이 이상하게 더 아프다.

그래서, 나도 모르게 입을 연다.

"알겠습니다. 그럼···. 우리의 인연도 여기까지인 것으로 하죠."

말이 입 밖으로 떨어지는 순간, 심장이 찢어질 것 같았다.
나는 더 이상 그 자리에 있을 수 없어 몸을 돌렸다.
기다리라고 하면, 정말 몇 년이든 기다릴 수 있었는데···.
그만큼 나는 그 사람을 소중히 여겼는데···.
그 사람에게 나는, 그만큼 소중하지 않았나 보다.

뒤돌아서려는 순간, 도현이 내 옷깃을 붙잡는다.
발걸음은 멈추고, 가슴이 뛰었다.
나는 말없이 선 채, 기다린다.
무엇이든··· 단 한 마디라도 말해 주길.
아무 말이라도 좋으니, 그 마음을 들려주길.

하지만 그는···.
그저 내 옷깃을 천천히, 조용히 매만질 뿐이었다.
아무 말도 없이.
손끝의 체온만이, 나를 붙잡고 있었다.

달빛 아래 인연, 바람에 흩어진 약속

또다시 실망이 밀려온다.

이 사람에게 나는 도대체 뭘 바라고 있었던 걸까.

정말 어리석다.

그래도, 마음을 다잡았다.

그리고 입술을 굳게 다문 채, 그에게 마지막 인사를 전했다.

"안녕히 계십시오. 그리고… 무탈하시길 기원합니다."

그렇게, 우리가 마지막으로 나눈 말은 끝이 났다.

우리의 마지막 만남도.

🌙

집으로 돌아오자마자, 몸이 무너지듯 바닥에 주저앉았다.

살고 싶지 않다.

그가 없는 인생을 살아갈 자신이 없다.

나는 밥을 먹지 않았다.

며칠째 곡기를 끊고, 밤마다 눈물로 베개를 적셨다.

유모는 내게 음식을 내밀며 애를 태우지만, 그 무엇도 내 속을 채

우지 못한다.

그 사람 하나만 없는 세상이, 이토록 공허하다.

☾

끼익— 날이 밝자 나는 대문을 열고 산책을 나왔다.

정처 없이 걷다가 어느새 산속 정자에 도착했다.

그 어디에도 그의 모습은 보이지 않는다.

그와 내가 있던 자리, 그 자리에 나는 조용히 앉았다.

남아 있지도 않은 온기를 느끼며 눈을 감았다.

"연이 아씨." 낮은 목소리가 들렸다.

조용히 내가 눈을 뜨자 이율 도령이 내 앞에 있었다.

내 눈높이를 마주하며 그는 조용히 있었다.

"도현 도령이 떠난다는 소식은 내 들었소. 달리 해 줄 말은 없지
만, 옆에 있도록 허락하겠소?"

나는 고개를 끄덕였다.

이율은 내 옆에 앉아 조용히 말을 건넸다.

"내가 처음 그대를 본 날이 기억납니다. 저는 이곳 풀숲에서 낮잠을 자고 있었고 그대의 목소리에 잠을 깨었습니다. 강가의 햇빛에 비친 그대의 얼굴이 빛나 보여 한참을 꼼짝을 못 했죠."

나는 조용히 그의 말에 귀 기울였다.

"도현 도령이 나타나기 전 내가 먼저 나타날 걸 그랬다, 한없이 후회했습니다. 그랬다면 그대가 이리도 슬퍼할 일이 없었을 것을…."

나는 갑자기 울컥 눈물이 쏟아졌다.

이율은 팔을 펼쳐 나를 끌어안았다.

그의 품속에서 그의 위로를 느끼며 슬픔을 삭히고 있었다.

"아프지 마시오." 이율은 힘주어 말했다.

도현이 의식적으로 피하는 날이 그날 이후로도 계속 이어졌다.

어느 날 아침, 세안을 하고 단장을 마친 연이에게 하인 종단이 달려오며 외쳤다.

"아씨! 지금 남가의 도령이 떠날 채비를 마쳤다 합니다!"

그 말을 듣자마자 나는 온몸을 이끌고 달려나갔다.
숨이 턱에 차오르지만 멈출 수 없다.
그가… 정말 떠나 버리기 전에, 마지막으로 보고 싶다.
하지만 그의 집으로 달려간 나는 이미 그의 흔적을 찾을 수조차
없었다.
텅 빈 집, 텅 빈 그의 방.

'이제 더 이상 그를 볼 수 없겠구나…' 하고 생각하니 심장이 요
동치기 시작했다.
그때 그의 방 한편에 곱게 포장된 옥색 비녀와 편지를 발견했다.

'이것은 분명 그가 나를 위해 준비한 것이겠구나.' 생각이 들었다.
편지에는 이렇게 쓰여 있었다.

나를 기다리지 마시오. 미안하고 연모합니다.

나는 다시 한번 마지막으로 그를 보기 위해 박차고 달려나갔다.
안동에서 가장 높은 절벽.

그가 보이는 곳.

그곳에 다다라 헉헉대며 선 나는, 땀을 훔칠 겨를도 없이 그를 찾는다.

멀리, 아주 멀리…

작아진 그의 모습이 눈에 들어온다.

그는 말없이 서 있다.

나도 말없이, 그를 바라본다.

아마도, 그는 내가 있다는 것조차 모를 것이다.

나는 혼잣말처럼 중얼거린다.

"안녕… 나의 연모한 연인."

달빛 아래 인연, 바람에 흩어진 약속

꽃가마에 오르다
그를 정자에 묻고,

그 후로 나는 돌아온다는 말 한마디 없이 떠난 도현을, 한참이나 기다렸다.

처음 몇 해는 혹시나 그가 돌아올까, 가장 높은 절벽 위에서 하루하루를 보냈다.
발아래로 펼쳐진 들판 끝 어딘가, 도현의 말발굽 소리가 들릴 것만 같았다.
그다음 몇 해는 도현과 함께했던 정자에 머물렀다.
기둥에 기대어 함께 읊던 시구, 달빛 아래 조용히 마주 앉던 순간들이 아직도 생생했다.

내 기다림은 어느덧 저잣거리까지 퍼져,
사람들은 나를 '남자에 미친 계집'이라 불렀다.
바람결에 섞인 수군거림이 귀에 스쳤지만, 나는 개의치 않았다.
하지만 외조부는 그 말을 듣고는 분노를 참지 못했다.

"온 안동 저잣거리에 다 너의 사랑 이야기뿐이더구나! 이것이 우리 선조와 가문을 물 먹이는 일이 아니고 무엇이냐! 달포 이내에 혼사를 올리도록 하겠으니 채비를 하거라. 그리 못 한다면 이 집에 발도 들여놓지 못할 것이야. 더는 너의 고집을 두고 보지 않겠다!"

그 말에 나는 고개를 들어 외조부를 똑바로 바라보았다.
심장이 쿵쿵 뛰었지만, 물러설 수 없었다.

"싫습니다. 도현 도령은 곧 돌아오실 겁니다."
"네가 감히 나에게 반항을 하느냐!"
"네, 맞습니다. 도련님이 돌아오기 전까진, 저는 누구와도 혼인하
지 않겠습니다."
그 말이 끝나자마자―

짝―!
외조부의 손이 내 뺨을 세차게 후려쳤다.
귀가 울리고, 시야가 순간 하얘졌다.
집안사람들 모두가 놀라 숨을 죽였다.
외조모가 다급히 외조부의 팔을 붙들었다.

"영감, 연이가 잠시 감정이 격해 그런 것이니, 화를 죽이세요. 제
가 데려다 타이르겠어요."

외조부는 거칠게 숨을 몰아쉬며 한참을 그대로 서 있었다.
그러더니 결국 손을 털며 방 밖으로 나갔다.

외조모는 조심스럽게 다가와 내 뺨을 어루만졌다.
붉게 부은 살갗이 따끔거렸지만, 나는 눈물을 참았다.

"어찌하여 그렇게 대들었느냐…. 내 너의 슬픔을 모르는 것이 아니다. 하지만, 이쯤이면 되었다. 연아, 그 도령은 전장에서 목숨을 잃은 것이 분명하다. 그러지 않고서야, 이리 오래 돌아오지 않는 것이 말이 되겠느냐…."

나는 끝내 참지 못하고, 주르륵 눈물을 흘렸다.

사실 마음속 깊은 곳에서는… 어렴풋이 알고 있었다.
도현이 살아서 돌아오지 못할지도 모른다는 걸.
하지만 그걸 받아들이기엔, 내 마음이 아직 너무 그를 사랑하고 있었던 것이다.

며칠을 하얀 소복을 입은 채 어두운 방에서 웅크리고 생각에 잠기던 나는, 드디어 결심이 섰다.
내 마음속에서 도련님을 보내 주기로.

며칠이 지난 후, 나의 혼인 상대가 정해졌다는 소식을 들었다.

그 사내는 마을에서 제일가는 부자로, 첩을 들인다고 했다.

욕심이 가득하고 집 밖으로 나도는 남자로 악명이 자자했지만, 남자에 미쳤다는 소문이 도는 나를 받아주는 곳은 그곳밖에는 없었다.

나는 뭐든 상관이 없었다. 도현이 아닌 누구도 사랑할 수 없었으니….

☾

어느 날, 아무런 기력도 없이 누워 있던 나는 소란스러운 소리에 몸을 일으켰다.

그날은 밤새 비가 내렸다.

이율은 젖은 비단 갓을 벗지도 못한 채, 연이의 외조부 댁 대문 앞에 무릎을 꿇고 있었다.

손끝이 얼어붙고 입술은 파랗게 질렸으나 그는 움직이지 않았다.

"소자는 이율이라 하옵니다. 감히, 연이 아씨의 혼인을 멈춰 주십사 엎드립니다."

대문 안쪽에서 하인들이 웅성거렸으나, 노인은 나오지 않았다.

이율은 고개를 숙인 채 다시 입을 열었다.

그를 정자에 묻고, 꽃가마에 오르다

"아씨를 알고부터 제 세상은 달라졌습니다. 세상 어느 말로도 감히 그 마음을 헤아릴 수 없사옵니다. 그분은 이미 한 번 세상을 잃으셨습니다. 더는 낯선 사내의 손에 떠밀려 울게 하지 말아 주십시오."

그의 음성은 젖은 흙 위에 스며들 듯 낮고 절실했다.

긴 침묵 끝에, 대문이 미세하게 열리며 노인의 쉰 목소리가 흘러나왔다.

"그대가 감히 내 손녀를 달라 한단 말이냐, 도현이라는 아이가 떠난 지 얼마나 되었다고."

"압니다. 하지만 그분은 아직도 아씨 맘에 머물러 계십니다. 소자는 그 이름을 빼앗으려는 것이 아니라, 그 이름 곁을 지켜 드리고 싶을 뿐입니다."

바람이 불고 등불이 흔들렸다.

노인은 한참을 그를 바라보다 이내 등을 돌렸다.

"그대의 진심이 허공으로 사라지지 않는다면… 세월이 답을 줄 것이다. 좋다, 연이와 이야기를 나눠 보거라."

허락이 떨어지자 이율은 벌떡 일어나 외쳤다.

"감사합니다!"

다음날, 비를 많이 맞은 탓인지 이율 도령이 열 감기가 들었다는
소식을 들었다.
내가 시킨 것은 아니나, 내 탓으로 느껴져 마음이 쓰였다.
나는 이율 도령의 집으로 향했다.

"콜록, 콜록~!" 쉰 목소리의 기침이 들렸다.
나는 물수건을 들고 이율의 방문 앞에서 한참을 망설이다 들어
갔다.
내 앞에서 항상 웃던 그가 힘없이 늘어져 있었다.
나는 그의 앞에 무릎을 꿇고 물수건을 적셔 이마에 얹어 주었다.

"왜 이리도 무모하십니까….."
나의 목소리에 그가 실눈을 힘겹게 떴다.
그리곤 희미하게 웃어 보였다.

"혹, 내가 환각을 보고 있는 건가요?"

"아닙니다, 힘드시니 말씀 마세요."

무심하게 이마를 얹는 내 손을 그가 덥석 잡고 말을 했다.

"그대가 허락한다면 그대의 곁에 평생 머물고 싶소. 그대가 다른 이를 연모하더라도 그대의 곁에서 그대를 지켜 주고 싶소. 나를 받아 주겠소?"

나는 한참을 말을 할 수 없었다.

하지만,

나를 위해 이렇게까지 하는 사람을 만날 수 있을까?

도현 도령도 이렇게는 못 할 것이라 생각하니 마침내 말을 할 수 있었다.

"그 마음 변치 마세요."

이율은 함박웃음을 지으며 나를 끌어안았다.

나는 속으로 생각했다.

'도현 도련님, 미안합니다.'

그날 이후 나는 기운을 차리고 마음을 추슬렀다.

지금껏 신경 쓰지 않았던 화장함을 열어 거울을 보았다.

지금의 내 모습은 귀신이 친구 하자고 해도 가능할 몰골이었다.

나는 이내 단장을 시작했다.

"끼익—" 하고 문 여는 소리가 들리자 모두가 뒤를 돌아봤다.

외조모는 달려 나와 나를 끌어안았다.

"그래, 되었다. 살 사람은 살아야지. 그걸 도현 도령도 원하실
게다."

나는 희미하게 터진 입술로 미소를 지어 보였다.

도현 말고 다른 이를 품을 생각은 없었는데, 잘할 수 있을지 의문
이었다.

며칠 뒤, 안동 마을은 한차례 들썩였다.

저마다 소란스럽게 잔치 음식을 준비하고 우리 집안 여인들은 저

마다 설레어 혼인을 위한 준비를 해 나갔다.

이 중에 안 기뻐하는 자가 없었다. 나만 제외하고는.

새들이 지저귀고 따스한 햇살이 내리쬐는 봄날.

나는 여러 종들에게 둘러싸인 채 치장을 하고 있었다.

종단은 내 얼굴의 솜털을 제거하고 백분을 발랐다.

그 과정이 약간 간지럽게 느껴져 재채기가 나올 뻔했다.

"어머! 아가씨 조심하셔요. 애써 치장한 가루가 날리겠어요." 하고 종단이 한 소리를 했다.

종단은 이어서 입술연지를 바르고 양 뺨과 이마에 연지와 곤지를 찍는다.

뒤에 있던 말순이 가체를 머리 위에 올리고 비녀의 양쪽에 댕기를, 머리 위에는 족두리를 얹어 장식을 마무리하였다.

소매에 색동이 있는 녹색 활옷과 빨간 저고리를 차려입은 나는 거울을 바라보았다.

이 모습은 내가 보기에도 퍽이나 이뻐 보였다.

'이런 날 다른 이가 아닌 도현이 있었다면 나를 보고 웃어 보였

겠지.'

잠깐의 순간에도 그의 생각이 스쳐 지나갔다.

나는 얼른 고개를 저어 그 생각을 떨치려고 노력했다.

"아씨~ 그리하시면 안 된다니까요!"

종단이 소리를 지르며 나를 타박했다.

그러면서 헝클어진 내 머리를 다시 매만져 주었다.

종단의 손길이 머리칼을 매만지며 마지막 정돈을 마치자, 나는 천천히 몸을 일으켜 마루 위로 나섰다.

마루 위에는 벌써 이웃집 여인들과 친척들이 모여, 소란스럽지만 즐거운 웃음소리를 흘리고 있었다.

붉은 치맛자락이 바람에 살짝 흩날리자, 나도 모르게 숨이 가빠졌다.

"연이 아씨, 이제 가마에 오르실 때입니다."

종단이 조심스레 다가와 손을 잡았다.

내 마음은 두근거렸지만, 동시에 무겁게 가라앉는 긴장감도 함께였다.

문밖에서 북소리와 징 소리가 울려 퍼졌다.

가마를 기다리는 신랑의 행렬이 온 모양이었다.

나는 숨을 고르고, 마음속으로 속삭였다.

'이율… 이제, 당신이 오겠지.'

가마 안으로 들어서자 붉은색 가마 천이 살짝 흔들리며 햇살을

가렸다.

손잡이를 잡은 종단이 나를 단단히 지켜 주었다.

바깥에서 들려오는 발소리, 웃음소리, 북소리—

모든 것이 내 심장을 더욱 빠르게 뛰게 만들었다.

그리고 마침내, 가마 밖에서 들려온 한 남자의 목소리.

"연이 아씨, 이제 제가 모셔다 드리겠습니다."

그 순간 나는 고개를 들었다.

눈앞에 선 이율의 얼굴은, 모든 걱정과 두려움을 잊게 만드는 따

스한 미소를 띠고 있었다.

그의 눈빛이 내 마음을 정면으로 꿰뚫는 듯했다.

가마가 천천히 움직이기 시작했다.

붉은 치마와 녹색 활옷, 족두리와 댕기ㅡ

온몸을 감싸는 장식과 향기 속에서, 나는 이제 진짜 혼인이 시작되는 순간임을 실감했다.

그리고 동시에, 도현과의 지난 기억은 서서히 뒤로 밀려났다.

내 곁에서 묵묵히 나를 지켜 주고, 나를 위해 모든 것을 해 주는 이율.

그가 바로, 내 삶의 새로운 중심이라는 사실을 온전히 받아들였다.

가마가 천천히 혼례 장소로 나아가는 동안, 내 심장은 설렘과 안도감으로 가득 찼다.

오늘, 이율과 내가 하나되는 날.

그리고 나는 처음으로, 미래를 향해 두 손을 펼 준비를 하고 있었다.

가마가 혼례 장소 앞에 멈추자, 붉은 깔개 위로 내 발이 내리자마자 마음이 더욱 두근거렸다.

주변에는 친척들과 마을 사람들이 모여, 기대와 축하의 눈빛을 보내고 있었다.

이율은 이미 단정히 앉아 나를 기다리고 있었다.

85

그를 정자에 묻고, 꽃가마에 오르다

그의 눈빛은 긴 여정의 끝에 마주한 기쁨처럼 따스하게 빛나고
있었다.

"연이 아씨, 아씨는 오늘부터 제 아내가 되실 것입니다."
이율의 낮고 부드러운 목소리에, 나도 모르게 얼굴이 붉어졌다.

우리는 서로 마주 앉았다.
신부와 신랑이 마주 앉는 순간, 온 공기는 조용해졌다.
잠시 숨을 고르고, 신부 측의 어른들이 술을 준비했다.

"첫 잔은 서로에게 행운과 행복을 기원하며 드십시오."
이율이 내 손을 잡아 술잔을 들게 했다.
잔을 부딪히는 순간, 금속 소리가 아닌 마음이 맞닿는 듯한 따뜻
한 울림이 느껴졌다.

술을 한 모금 나누자, 그의 손이 조금 더 꼭 내 손을 감쌌다.
나는 그 순간, 말로 다 할 수 없는 감정이 내 마음속을 가득 채우
는 것을 느꼈다.
도현과의 지난 기억이 떠오르지만, 이제는 그저 감사와 안도만이
남았다.

그는 내 곁에 있었고, 나를 지켜 주었고, 무엇보다 나를 선택했다.

이어 두 잔, 세 잔의 술을 나누며, 우리는 하나씩 서로의 이름과
운명을 확인했다.

"이제, 연이 아씨… 평생을 함께할 것을 약속합니다."
"… 저도 평생을 함께하겠습니다."

마지막 잔을 비우고 나자, 주변에서는 축하의 박수가 쏟아졌다.
나는 그의 팔에 살짝 기대며, 마음속으로 속삭였다.

'드디어… 우리는 하나가 되었구나.'

그 순간, 바람이 부드럽게 불어와 내 치맛자락과 머리 장식을 흔
들었다.
새들의 지저귐과 북소리가 어우러지며, 안동 마을은 혼례의 기쁨
으로 가득 찼다.
그리고 나는 확신했다.
이율과 함께라면, 앞으로 어떤 날이 오더라도 나는 혼자가 아니
란 것을.

그를 정자에 묻고, 꽃가마에 오르다

그를 보내며

혼례 이후 어느 정도 정리된 후 나는 하얀 소복을 곱게 입고 절벽으로 향했다.

내 머리에는 그날 도현이 남겨 두고 간 비녀가 꽂혀 있었다.

내 마음을 아는 듯 바람이 세차게 불었다.

바람이 눈에 들어와 눈물이 맺혔는데 슬퍼서 나는 건지 바람 때문인지 모를 일이었다.

나는 도현과의 기억을 차례차례 꺼내어 보았다.

그 연못.

비단옷.

반딧불이.

정자.

침묵 속 설렘과 침묵 속 슬픔까지도.

나는 비로소 소매에 고이 접어 놓은 종이를 꺼냈다.

시를 읽으며 그와의 추억을 정리했다.

이제는 비로소 그를 놓아 줄 수 있을 것 같았다.

한숨 고르고 난 후 나는 펼친 종이를 높이 쳐들고 결심한 듯 날려 보냈다.

종이는 펄럭 나부끼며 바람을 타고 하늘 높이 올라갔다.

이대로 바람을 타고 도현 도령에게 닿기를.

그를 버린 것이 아닌 것을 그 사람도 알기를.

그리고 이런 나를 이해해 주기를.

한 장의 종이, 그 안에는 미안함이 함께 있었다.

☾

"부인, 어디를 다녀오시오?" 이율이 말을 했다.

"잠깐 바람을 좀 쐬고 왔어요."

도현에 대한 마음을 바람에 실어 보내서였을까? 그를 마주하는

것이 한결 편안해짐을 느꼈다.

나를 온전히 바라봐 주고 곁에 남아 주는 사람.

한없이 다정한 나의 서방님.

그와 마음을 함께하지 못해,

그에 대한 미안함과 죄책감이 나의 마음을 짓누르고 있던 터였다.

"날이 아직 많이 춥습니다."

이율은 겉옷을 벗어 나에게 덮어 주며 방으로 안내했다.

그를 보내며

"서방님, 고맙습니다."

나는 나도 모르게 그런 이율을 안아 주었다.

이율의 몸이 굳는 것을 느꼈고 그의 떨림도 느껴졌다.

"저도 고맙습니다, 부인."

그런 나를 꼭 안아 주는 그의 온기가 느껴져 더욱 편안해졌다.

이율과 함께하는 삶이 시작되었다.

처음에는 낯설고 어색했지만, 그의 조심스러운 배려와 다정함은

마음을 서서히 채워 주었다.

아침마다 창밖 햇살 속에서 함께 마시는 차 한 잔,

저녁이면 함께 걷던 강가 산책,

그의 손을 잡고 나누던 작은 웃음ㅡ

"부인, 어찌 이리 손이 차오."

이율은 내 손을 감싸 쥐며 말했다.

그 모든 일상이 내 마음에 따뜻한 온기를 스며들게 했고

나는 더는 도현의 그림자를 떠올리지 않았다.

그날 이후 이율은 나에게 더없는 사랑을 주었고,

나도 그에 대해 보답하듯 더없는 부인의 모습을 보여 주었다.

누구도 더 이상 사랑하지 못할 것 같았지만, 그 자리는 이율로 금방 채워져 있었다.

그와의 하루는 너무나 달콤했다.

몇 년이 지나 사랑스러운 아이들이 태어났다.

첫걸음을 떼던 날, 처음 글자를 읽던 날, 작은 성취를 함께 축하하던 순간들—

그 모든 시간이 쌓이며 우리 집은 웃음과 사랑으로 가득 찼다.

아이들이 커 가면서 아이들에게서 우리의 모습이 보였다.

아들은 남편을 닮아 활발하고 호기심이 많았으며, 딸은 나를 닮아 총명하고 개구졌다.

나는 그런 딸을 보면 언젠간 핍박을 받지 않을까 걱정이 되었다.

내 어머니가 그 어릴 적 나를 보면서 이런 생각을 하지 않았을지 되뇌었다.

하지만 나는 그런 딸에게 여인다움을 강요하지 않았다.

온전히 그 아이 그대로 살아가길 진심으로 바랐다.

세월이 많이 흘러서일까?

다행히도 여인이 할 수 있는 일이 늘어났고, 그 덕에 딸에 대한 나의 걱정도 잦아들게 되었다.

아이는 그대로 자라 조선에서 제일가는 명필가로 이름을 날리게 되었다.

혼인 시기를 많이 놓치긴 했지만, 먼 땅으로 여행을 다니며 조잘 거리는 아이.

나와 남편은 그 모습이 퍽이나 자랑스러웠다.

"너의 행복을 바란다."

그런 아이의 손을 잡고 언젠간 내가 한 말이었다.

아들은 아들 대로 남편의 말주변을 닮아 도성에서 제일가는 장사 치로 성공했다.

많은 부를 끌어모으며 어디서 제 누나와 닮은 호탕한 계집을 데 려와 혼인시켜 달라 성화를 부리는 탓에 나와 남편은 머리가 지 끈거리기도 했다.

자식들 모두 자신을 잃지 않고 자신의 몫을 톡톡히 해내고 있었다.

이보다 더한 행복이 있을까 싶었다.

☾

세월이 흐르고 흰머리가 검은 머리를 덮을 즈음에도 이율은 여전히 나를 세상에서 제일 어여쁜 색시라 불렀다.
주름이 자글한 얼굴은 이쁨이라곤 하나 없지만, 그래도 서방님의 눈에는 나는 여전히 세상에서 가장 아름다운 색시였다.

주름진 얼굴 사이로 흐르는 사랑의 눈빛, 작은 손주들의 장난과 재롱, 장성한 자녀들의 모습 속에서 나는 지난날의 모든 사랑과 미안함을 천천히 풀어낼 수 있었다.
하얗게 센 머리는 내 세월을 은밀히 앗아갔지만, 그 속에도 나는 살아온 날들의 온기를 느꼈다.

온돌이 따뜻하게 지져진 방 안, 두꺼운 솜이불 속에서 나는 지난 날들을 천천히 되새겼다.
창문 밖으로는 눈이 하염없이 내리며, 그 하얀 빛 사이로 내 지난 날들이 흩날리는 듯했다.
처음 도현을 떠나보내던 그날의 바람, 그리고 이율의 품에서 다시 피어난 봄의 향기까지.
모든 계절이 내 곁을 스쳐 지나갔다.

내 주변에는 장성한 자녀들과 토끼 같은 손주들이 눈물을 글썽이
며 서 있었다.

"으앙— 할머니 죽으면 안 돼!"
손주의 작은 손이 내 손가락을 꼭 잡고 있었다.
그 온기가 너무 따뜻해서, 잠시 더 머물고 싶다는 마음이 들었다.
귀여운 녀석들의 재롱은 더는 못 보겠구나 하는 아쉬움도 들었다.

그리고 그 옆에는,
언제나 내 곁을 지켜 주던 나의 편, 나의 서방님 이율이 있었다.
그는 언제나 그래왔듯 따스한 눈길로 나를 내려다보고 있었다.
주름진 얼굴 사이로 세월이 흘러도 변치 않는 눈빛.
그의 시선이 내 마지막 숨결을 감싸 안았다.

그는 포근한 손으로 말없이 나를 토닥였다.
마치 안심하라는 듯 느껴져 나는 편안함을 느꼈다.

"색시… 이번 생은 내가 당신을 가졌으니, 다음 생에선 그 사람
을 만나시오."
그의 목소리가 바람처럼 스며들자,

내 마음속 깊이 묻혀 있던 이름—도현—이 희미하게 피어올랐다.
그러나 이상하게도 그리움이 아니라, 온화한 미소가 먼저 번졌다.

나는 미소를 지으며 그의 손등을 쓸어내렸다.
모든 것이 하나로 녹아내렸다.
도현에 대한 미안함,
이율에 대한 고마움,
살아내야 했던 세월의 무게가 눈처럼 녹아 사라졌다.

그에게도, 도현에게도, 그리고 오래전의 나 자신에게도.
마침내 모두를 용서하고, 모두를 놓아주었다.

"서방님, 고마웠어요. 당신 덕에, 내 삶이 참 따뜻했어요."

눈을 감기 전, 그가 처음 나를 안아 주던 날의 떨림이 손끝에서
느껴졌다.
그의 손이 내 이마를 어루만졌다.
마치 안심하라는 듯,
마치 이젠 충분하다는 듯.
그 온기가 천천히 스며들어, 내 안의 무게들을 하나씩 풀어냈다.

그를 보내며

사랑과 미안함, 그리고 그리움이 한데 섞여 녹아내렸다.

나는 조용히 그의 품에 안긴 채 마지막 숨을 내쉬었다.
그 순간, 눈이 멈추고 바람이 잦아들었다.
그의 품 안에서 들리던 심장의 박동이 천천히 멀어져 갔다.

그리고 어딘가에서 누군가의 목소리가 속삭였다.

"연이야, 이번 생은 잘 살았구나."

그 말에 나는 옅은 미소를 지었다.
이율의 품 안에서, 아주 오랜 잠에 들었다.

그때였다.
눈처럼 하얀빛이 서서히 번지더니, 모든 것이 희미해졌다.
바람도, 향기도, 목소리도 사라졌다.
오직 부드러운 빛과 함께 낮은 진동음이 귓가를 울렸다.
삐— 소리와 함께, 세상이 다시 시작되었다.

그를 보내며

그리운 사람과의 재회

2010년, 대학생인 나는 시끄러운 알람 소리에 눈을 떴다.

시계는 아홉 시를 가리키고 있었다.

이상하게도 가슴이 저릿한 꿈을 꾼 것 같았다.

길게 풀어헤친 머리를 감으며 눈을 감고 꿈을 떠올렸다.

정자… 풀숲… 반딧불이…

그리고 어딘가에서 들려오던 낮은 목소리.

나는 그 꿈이 이상하게 낯설지 않았다.

원래도 자주 꿈을 꾸던 나였지만 이번 꿈은 생생하고도 가슴이
저릿했다.

계속 꿈을 되뇌며 멍 때리며 가는 등굣길.

멀리서 십년지기인 재호가 달려와 어깨동무를 했다.

재호는 웃을 때 눈이 초승달처럼 휘어지는 장난기 가득한 얼굴을
가졌다.

재호와는 초등학교에서 처음 만났는데, 괴롭힘 당하던 나를 지켜
주려다 되려 더 많이 맞아 버린 바보 같은 아이였다.

그 이후로도 이 아이와는 우연처럼 쭉 대학교까지 붙어 다니게
되었다.

"어이, 인아! 주말은 잘 보냈냐?"
잠깐이었지만, 그의 웃음 뒤로 하얀 도포 자락이 스쳤다.

"어? 어… 그럼…." 나는 눈을 비비며 고개를 저었다.

강의실.
시험이 얼마 남지 않아 필기에 열중하던 내 옆에 툭- 하고 책이
놓였다.

"혹시 여기 자리 없으면 내가 앉아도 될까?"
웬 이상한 훤칠한 남자애가 내 옆을 가리키며 말을 건넸다.
모자를 푹 눌러쓴 그 아이에게는 익숙한 그리움이 느껴졌다.

"비녀…."
입 밖으로 새어 나온 말에 나 자신도 놀랐다.
그 순간, 그의 눈동자가 이상하게 익숙하게 느껴졌다.
검푸른 바다처럼 깊고, 오래된 기억을 품은 눈빛이었다.

그는 잠시 나를 바라보다 미소를 지었다.

그리운 사람과의 재회

"비녀? 무슨 말이야?"

그의 웃음 속에서 어딘가 묘하게 따스한 향이 스쳤다.

익숙했다. 아주 오래전에 맡았던 향기처럼.

그때, 내 심장이 철썩- 하고 떨어지는 소리를 냈다.

"아… 아무것도… 아니야. 여기 앉아도 돼!"

나는 얼른 자리를 비켜 주었다.

나는 급히 시선을 돌렸지만, 눈앞의 글씨들이 흐려졌다.

마치 오래된 물감이 번지는 것처럼.

오늘 하루 정말 이상하네 하고 생각하던 나였다.

"너 이 수업 들어? 왜 지금까지 못 봤지?"

자신을 태현이라고 소개한 남자애는 친한 듯이 말을 걸었다.

"나는 원래 맨 앞에서 수업 듣는데 오늘은 조금 늦어서 그래."

"그래? 이렇게 만난 것도 인연인데 우리 친구 하지 않을래?"

이상하게 친근하게 구는 아이였지만 익숙한 느낌에 그러겠다고
약속하고 말았다.

그날 이후로 이상하게 그 아이의 눈동자가 자꾸만 떠올랐다.

강의가 끝나면 문 앞에서 기다리고 있었고,

비 오는 날이면 아무렇지 않게 내 우산을 들어 주었다.

낯설고도 편안했다.

그의 말투, 웃음, 심지어 고개를 숙이는 습관까지도.

어느 날, 도서관 계단 앞.

그가 내 이름을 불렀다.

"인아야."

낮은 목소리가 들리는 순간, 어딘가에서 본 듯한 정자가 스쳐 지

나갔다.

달빛 아래, 그가 내게 다가오던 순간과 겹쳤다.

"우리 전에… 만난 적이 있었나?" 내가 조심스레 물었다.

그는 한참 나를 바라보다가 고개를 끄덕였다.

"우리 강의실에서 처음 봤잖아? 근데, 이상하게 너를 그때 처음 본 게 아닌 것 같긴 해."

그의 말의 나는 숨을 삼켰다.

바람이 불었다.

강의실 창밖으로 나뭇잎이 흔들렸고, 그 사이로 반딧불 하나가 흘러들었다.

불가능한 일인데도, 그 빛이 내 손끝에 내려앉았다 사라졌다.

순간, 머릿속이 하얗게 비어 버렸다.

정자, 풀숲, 그날의 향기, 그리고 나를 부르던 목소리.

'연이….'

어디선가 들렸다.

태현의 눈빛이 흔들렸다.

"방금… 뭐라고 했어?" 내가 물었다.

"아니, 아무것도. 근데…."

그는 잠시 말을 멈췄다.

태현은 자신의 가슴팍을 가리키며 말을 했다.

"너를 보면 자꾸만 여기가 아픈 것 같아."

설렘과 두려움, 그리고 알 수 없는 그리움이 한꺼번에 몰려왔다.
머릿속이 하얗게 비워지고, 전생의 기억과 지금의 현실이 뒤엉
켜, 모든 것이 무너지는 느낌이었다.
과거의 모든 장면이 눈앞을 스쳐 지나가 정신을 차릴 수 없었다.

"인아야!" 그때 저 멀리서 재호가 손을 흔들며 다가오고 있었다.
그 소리에 나는 현실로 다시 돌아왔다.

"아 맞아, 나 오늘 친구랑 과제하기로 해서 지금 가 봐야 할 것
같아."
말하면서도 가슴이 뛰었다.
태현은 한 걸음 물러섰지만, 그의 눈빛도 나처럼 흔들리고 있었다.

재호는 태현을 유심히 바라보며 눈썹을 찌푸렸다.
질투라도 하는 듯, 그의 시선은 날카로웠다.

"쟤 누구야?"
나는 아무렇지 않은 척, 웃으며 대답했다.

"방금 사귄 친구."

재호는 말없이 돌멩이를 발로 차며 가는 길 내내 주의하라는 듯
경고를 넣었다.
하지만 그 모습에서 나는 묘하게 마음이 놓였다.
재호에게서는 언제나 나를 지켜 주던 익숙한 온기가 있었다.
그래서 나는 재호에게 약해질 수밖에 없었다.

'왜 이렇게 익숙하지… 왜 이렇게 아픈 걸까….'
머릿속과 마음이 뒤엉킨 채, 나는 태현의 존재를 느끼며 숨을 고
르고 있었다.
그 순간, 모든 것이 혼란스럽지만, 동시에 이상하게 편안했다.
마치 오래전부터 기다려 왔던 사람을 다시 만난 것처럼.

그날 밤, 나는 또다시 그 꿈을 꾸었다.
이번엔 어제보다 더 선명했다.
달빛 아래, 정자 위에서 누군가 내 이름을 부르고 있었다.

"연이…."
그 목소리를 듣는 순간, 가슴이 서늘하게 저려 왔다.

바람이 불고, 반딧불이들이 흩날렸다.

그는 나를 향해 웃고 있었다.

그리고 그 옆에는 또 한 사람―내게 겉옷을 덮어 주던 따뜻한 눈빛의 남자가 서 있었다.

두 남자는 모두 나를 바라보고 있었다.

누가 도현이고, 누가 이율이었는지… 나는 이제 분간할 수 없었다.

그저 두 눈빛 모두가 그리웠다.

눈을 떴을 때는 이미 새벽이었다.

창문 틈새로 스며든 희미한 새벽빛이 방 안을 물들이고 있었다.

땀이 맺힌 이마를 쓸어내리며 나는 가만히 속삭였다.

"그 꿈이 혹시 나의 이야기는 아니었을까?"

입술에서 흘러나온 그 말이 공기 속으로 스며들었다.

그리고 이상하게도, 마음 한편이 조금은 편안해졌다.

설명할 수 없는 그리움, 이루지 못한 사랑,

그 모든 감정이 한순간에 녹아내리는 듯했다.

말도 안 되는 말이었지만, 그렇게 믿을 수밖에 없었다.

그리운 사람과의 재회

마치 오랜 시간 동안 붙잡고 있던 무언가가
조용히, 그러나 단정히 흩어져 사라지는 느낌이었다.

며칠 후, 나는 도서관에서 태현을 다시 보았다.
그는 내게 손을 미소 지으며 다가왔다.
그 순간, 창가 밖으로 봄바람이 불었고 반딧불이 한 마리가 햇살
사이로 스쳤다.
나는 그를 바라보다가 미소를 지었다.

그가 누구였는지는 이제 중요하지 않았다.
우리는 그저, 이번 생의 처음처럼 인사를 나누었다.

"안녕."
그의 목소리가 바람 속으로 스며들었다.
그 순간, 내 안에서 오래된 기억이 잔잔히 잠들었다.

"안녕? 이렇게 계속 만나게 되는 건 아마 우리가 인연인 것 같아."
어찌 보면 고리타분한 대사였지만, 태현의 말에 나는 잠시 머뭇
거렸다.
'인연'이라는 말이 마음 어딘가를 건드렸다.

그날 밤도 나는 또다시 꿈을 꾸었다.

이번엔 더욱 또렷했다.

달빛 아래 정자, 반딧불이 그 앞에 있는 도현.

깎아지른 절벽 위, 하얀 소복의 내가 서 있고 멀리 나풀거리는 종이 자락, 그리고 그 곁을 지켜주던 이율까지.

이제는 두 사람의 모습이 재호와 태현과 겹쳐지며 세상이 희미하게 흔들렸다.

"이번 생에서는 누구를 택하겠느냐…."

웅장하고 커다란 바람 속에서 목소리가 들려왔다.

고민하던 나는 고개를 저었다.

"이젠… 택하지 않을래요."

그 말이 새어 나오는 순간, 세상이 서서히 빛으로 번졌다.

도현의 웃음, 이율의 따스한 눈빛, 그리고 태현과 재호의 얼굴이 차례로 스쳐 갔다.

그 모든 장면이 하나로 녹아들며 반딧불이들이 하늘로 흩어졌다.

눈을 떴을 때는 이미 아침이었다.

창문 밖으로 봄 햇살이 들어왔다.

휴대폰에는 태현에게서 온 메시지가 도착해 있었다.
[오늘 수업 끝나고 같이 커피 마실래?]

재호한테서 온 메시지도 있었다.
[송인아! 오늘 뭐 해? 네가 좋아하는 영화표 예매해 놨다!]

나는 휴대폰을 잠시 바라보다가 천천히 미소 지었다.
이번엔 어떤 인연일까.
지난 생처럼, 혹은 전혀 다른 이야기로 흘러갈까.
그건 이제 중요하지 않았다.

이제는 그저,
마음 한편에서 오래도록 울리던 슬픔이
햇살에 녹아 사라지는 것을 느낄 뿐이었다.

나는 휴대폰을 내려놓고 창밖을 바라보았다.
바람이 불고, 햇살 사이로 반딧불이 한 마리가 스쳐 지나갔다.
그 빛은 마치 오래전의 나를 마지막으로 인도하는 듯했다.